C. DE KIRWAN

(JEAN D'ESTIENNE)

L'INSTINCT

LA CONNAISSANCE ET LA RAISON

MÉMOIRE

LU AU CONGRÈS SCIENTIFIQUE INTERNATIONAL DES CATHOLIQUES

à Paris, les 2 et 3 avril 1891

et reproduit par la *Revue des questions scientifiques* d'octobre 1891.

BRUXELLES

IMPRIMERIE POLLEUNIS ET CEUTERICK

37, RUE DES URSULINES, 37

1891

L'INSTINCT

LA CONNAISSANCE ET LA RAISON

C. DE KIRWAN

(JEAN D'ESTIENNE)

L'INSTINCT

LA CONNAISSANCE ET LA RAISON

MÉMOIRE

LU AU CONGRÈS SCIENTIFIQUE INTERNATIONAL DES CATHOLIQUES

à Paris, les 2 et 3 avril 1891

et reproduit par la *Revue des questions scientifiques* d'octobre 1891.

BRUXELLES

IMPRIMERIE POLLEUNIS ET CEUTERICK

37, RUE DES URSULINES, 37

—

1891

L'INSTINCT

LA CONNAISSANCE ET LA RAISON

Rarement, dans la suite des temps, a été plus méconnue que de nos jours, cette vérité qui devrait être de sens commun, à savoir que la nature humaine diffère par essence de la nature animale. Cela tient beaucoup au parti pris et à l'esprit de système ; mais cela tient aussi, et dans une forte proportion, à l'oubli des notions, même élémentaires, de la psychologie. Si l'on excepte le nombre, trop restreint, hélas ! des savants qui se sont préparés à l'étude de la nature par une solide éducation philosophique, on peut dire qu'actuellement la presque totalité des représentants attitrés des sciences naturelles, au moins en France, repousse systématiquement aujourd'hui toute différence essentielle entre la bête et l'homme. Ceux même qui s'honorent en ne se renfermant pas exclusivement dans le concept de la matière, ou même qui repoussent, par des considérations scientifiques fortement motivées, toute théorie transformiste, fût-elle restreinte aux limites d'une hypothèse admissible, ne veulent pas concéder, — d'accord en cela avec les adhérents à l'évolutionnisme le plus illimité, — que la plénitude de l'intelligence, la raison, ne se trouve

1

pas en germe dans les animaux supérieurs, et, par voie de conséquence, dans les plus infimes représentants du règne animal. Ils accordent bien que l'intelligence humaine est « énormément plus développée » — ce sont les propres expressions du très éminent M. de Quatrefages (1) — que celle des animaux qui occupent le sommet de l'échelle zoologique, mais ils veulent qu'elle soit cependant de même nature. « L'homme, qui domine la création entière par l'ensemble de ses aptitudes physiques, par ses facultés intellectuelles et par la possession de la parole, dit un autre membre éminent de l'Institut, est soumis en ce monde aux mêmes lois que les autres créatures » (2).

Il ne nous coûte pas de l'avouer : ce n'est pas sans un sentiment exact de notre insuffisance que nous assumons la tâche de combattre une opinion soutenue par des princes de la science contemporaine.

Il a fallu notre confiance absolue en la sûreté et en la vérité de cette cause, pour que nous ayons entrepris de la

(1) « Plus je réfléchis, plus je me confirme dans la conviction que l'homme et l'animal pensent et raisonnent en vertu d'une faculté qui leur est commune et qui est seulement énormément plus développée dans le premier que dans le second. » A. de Quatrefages, L'Espèce humaine, 7e édition, p. 15, 1883. Paris, Alcan.

(2) Émile Blanchard, La Vie des êtres animés, p. 72, 1888. Paris, Masson. — Il n'est que juste de faire observer, toutefois, que hors de France, des naturalistes non moins éminents que les deux illustres savants qui viennent d'être cités, et non moins spiritualistes par leurs tendances comme par leur esprit, professent sur ce que l'on peut appeler la psychologie animale des idées beaucoup plus conformes aux saines données philosophiques. On pourrait citer, par exemple : en Belgique, M. Van Beneden père, l'un des naturalistes de notre temps qui ont le plus contribué au progrès de la science; en Angleterre, St George Mivart, que ses travaux dans les sciences naturelles n'empêchent point d'être versé dans les études philosophiques, et qui adopte, dans la question qui nous occupe comme dans beaucoup d'autres, les grandes lignes du thomisme; enfin, en Allemagne, le grand physiologiste Jean Müller, qui savait très bien établir la distinction fondamentale entre la faculté de connaître en l'animal, et la faculté de même nom chez l'homme. Quant à nos savants naturalistes français nommés plus haut, il est présumable que, s'ils précisaient mieux leur pensée, s'ils la dégageaient des imperfections de langage qui la déparent quand ils touchent à la psychologie, ils reconnaîtraient qu'ils sont plus près de nous qu'ils ne le croient eux-mêmes.

défendre. Elle l'a été du reste bien avant nous, et même à toutes les époques, et compte parmi ses champions quelques-uns des plus beaux génies qui aient honoré l'esprit humain. Nous n'aurons garde de négliger ce secours; jusque parmi nos contemporains, de bien autres talents que le nôtre s'y sont employés sur lesquels nous ne manquerons pas d'appuyer notre propre faiblesse. Mais telle est la persistance de l'erreur nonobstant les plus lumineuses dissertations, qu'il n'est sans doute pas inutile d'apporter la même persévérance à maintenir les droits de la vérité et à en adapter autant que possible l'exposé à toutes les nuances que peut revêtir la négation.

Pour y arriver, peut-être ne sera-t-il pas inutile de retracer d'abord à grands traits les étapes principales de la marche de l'esprit humain en cette matière. Suivra tout naturellement l'exposé des solutions diverses données à la question tant par les naturalistes que par les philosophes de notre siècle. Combattant les unes, établissant l'accord des autres sous quelques divergences plus apparentes que réelles, nous terminerons cet aperçu par nos propres conclusions.

I

L'ANTIQUITÉ ET LE MOYEN AGE.

Si l'on se reporte aux civilisations naissantes, ou si l'on observe les races dégradées jusqu'à l'état sauvage, on constate que l'homme relativement peu cultivé, tel que, dans la haute antiquité, les premiers Arias, et de nos jours le Polynésien ou l'Esquimau, n'établit presque aucune différence entre son âme et celle de la bête, voire celle qu'il prête aux végétaux ou même aux êtres inorganiques. Au contraire, la notion de la supériorité de la nature humaine sur le reste de la création, y compris la nature animale, prend corps et se développe à mesure que s'élève le niveau intellectuel et que s'épanouit la civilisation. Pythagore, Platon accordent à l'homme une âme spirituelle en plus de l'âme sensible. Socrate, en apprenant à se connaître, arrive à la connaissance de la Divinité, qui n'est point accordée aux animaux. Aristote, naturaliste autant que philosophe, approfondit le sujet et prépare déjà les éléments de la solution véritable en accordant en commun, à l'homme et à l'animal, la spontanéité, l'imagination, la mémoire, mais en reconnaissant, en plus, au premier, la conception de l'universel, la science, la raison, la conscience, la réflexion (1). Les stoïciens, par la plume de Sénèque, opposent l'instinct inné, aveugle, irréfléchi, parfait par lui-même, à l'intelligence éclairée par la raison, et progressant et se développant peu à peu par la réflexion (2) ; ou bien, avec Épictète, ils constatent que la brute, sous l'impulsion des sens, agit sans savoir ce qu'elle fait, tandis que, seul dans la nature, l'homme agit en le sachant (3). Plotin, comme avant lui Pythagore et Platon, explique la nature humaine par l'existence d'une âme supérieure et intelligente en plus de l'âme animale commune à l'une et à l'autre.

Puis, quand arrive l'époque de la décadence du monde antique, nous voyons les idées se troubler, la confusion envahir les esprits, et les Plutarque, les Celse, les Porphyre, Pline l'ancien lui-même, admettre l'égalité de nature, sinon la supériorité, de l'âme de la bête avec celle de l'homme, en se fondant sur la même méconnaissance psychologique et les mêmes paralogismes que les naturalistes et les philosophes matérialistes de nos jours.

Cependant le christianisme était né, portant en lui le germe de la plus grande rénovation philosophique. Si, mus par un zèle mal éclairé, quelques esprits étroits veulent, avec les Tatien et les Arnobe, abaisser l'homme pris en soi jusqu'à l'animal, pour fonder sa supériorité sur la seule

(1) Voir les *Fragmenta veterum philosophorum* (collection gréco-latine Firmin Didot) ; voir aussi les *Mémorables* de Xénophon, plusieurs passages des *Dialogues* et du *Phèdre* de Platon, et, pour Aristote, *La Physique*, *Traité de l'âme*, *De la Mémoire*, *Histoire des animaux*.

(2) Sénèque, *Lettres*, 121 à 124.

(3) Épictète, *Discours ou entretiens*, II, 8.

religion, ils ont contre eux tout l'enseignement des Pères de l'Église. Précurseurs des Augustin et des Thomas d'Aquin, Origène, Lactance, saint Basile, saint Grégoire de Nysse, saint Jean Chrysostome, constatent que, venant au monde, faible et privé de tout, l'homme, s'il n'avait l'usage de la raison pour se défendre contre les éléments et assurer sa subsistance, serait bien vite anéanti ; au lieu que les animaux naissent pourvus par la nature d'un instinct qui les guide et d'organes assez développés pour, avec le secours des sens et de l'imagination, faire face à tous leurs besoins, et sont dépourvus de la raison qui ne leur est pas nécessaire : aussi l'uniformité régit leurs actions, la variété celles de l'homme.

Saint Augustin précise davantage la pensée des Pères, en reconnaissant à l'homme la *vie* en commun avec la plante et la bête, la *sensibilité* (les sens, la mémoire, l'imagination) en commun avec celle-ci, mais en outre la raison, et par elle la science. Cette sensibilité de la bête implique en elle une âme distincte du corps, mais enfoncée en lui bien plus que celle de l'homme, d'où vient la supériorité des sens des animaux sur les nôtres. Saint Thomas et les scolastiques complètent et développent les idées d'Aristote et de saint Augustin : tandis qu'une âme végétative infuse la vie à la plante, une âme à la fois végétative et sensitive à l'animal, l'âme humaine est, tout ensemble, végétative, sensitive et raisonnable. En plus de l'action des sens, de l'imagination et de la mémoire, les animaux sont guidés, dans la fuite de ce qui leur est nuisible et la recherche de ce qui leur est avantageux, par une *estimation naturelle*, estimation qui n'est point déterminée comme en l'homme par comparaison et raisonnement, mais qui leur est dictée par leur instinct. Leur pouvoir de connaître n'a d'autre objet que l'action présente ; dépourvu de toute spéculation, il est absolument étranger à la raison.

L'époque de la Renaissance ne nous apporte pas de nouvelles lumières sur notre question. Giordano Bruno, malgré son panthéisme, attribue cependant à l'homme, à l'exclusion de l'animal, la réflexion et le pouvoir de diriger son intelligence et d'interroger la nature.

Quant à Montaigne, ses boutades consistant à attribuer la supériorité aux animaux parce que, ne se préoccupant pas de science à acquérir, de vrai à discerner du faux, etc., ils suivent sans souci la bonne loi naturelle, elles ne méritent pas d'être prises au sérieux.

II

DESCARTES, BOSSUET, LEIBNITZ.

Mais quand nous arrivons à Descartes, un singulier revirement, sous l'influence du Maître et de son école, se fait jour dans les esprits. Pressé par la logique de son spiritualisme outré, qui lui fait considérer l'âme humaine comme un être complet et parfait en soi, uni accidentellement au corps, et dont toutes les facultés seraient comme une dépendance de l'intelligence, Descartes est amené peu à peu à considérer l'animal comme une sorte d'automate très perfectionné; c'est, d'après lui, une machine d'une délicatesse extrême, mais dépourvue, en tant que machine, de toute espèce d'intelligence, de toute volonté, voire de sensibilité même. Ce n'est pas sans quelque répugnance, toutefois, que le philosophe français arrive à ces conséquences extrêmes : plusieurs passages de ses *Lettres* (1) et de la cinquième partie du *Discours sur la Méthode* fournissent la preuve de ses hésitations. Mais rapportant tout, dans l'âme, à l'intelligence, à la pensée, — « Je pense, donc je suis », — il n'aperçoit pas d'intermédiaire possible entre l'esprit pur et la matière; et ne pouvant comprendre une âme que comme spirituelle seulement et partant immortelle, son esprit se révolte à la pensée d'accorder la spiritualité et l'immortalité aux ani-

(1) *Lettres* LXXV, CXXXIII. Voir aussi, dans l'édition V^r Cousin (18**, Paris, Levrault), la lettre 40 du t. II.

maux. Donc les bêtes, simples machines, sont dépourvues d'intelligence comme de volonté et de sensibilité.

Cette conclusion étrange et si contraire aux faits est admise par les disciples bien plus résolument encore que par le Maître; et l'on voit des esprits d'une supériorité aussi grande qu'un Pascal, un Malebranche, ou même un Fénelon (pour qui « le mot *instinct* est un mot vide de sens »), adopter, sans hésitation comme sans répulsion, une théorie qui assimile toute vitalité animale au mécanisme d'une montre (1). Toutefois de telles idées ne passent point sans protestation de la part des contemporains. Fontenelle observe malicieusement que si l'on met en présence « une machine de chien et une machine de chienne », il en pourra résulter « une troisième petite machine », tandis que l'on aura beau mettre deux montres indéfiniment l'une près de l'autre, il n'en résultera jamais une troisième montre. De son côté La Fontaine, avec sa bonhomie narquoise, persifle spirituellement la bête-machine, dans le *Discours à Madame de la Sablière* qui accompagne la fable des *Deux rats*, du *Renard* et de l'*Œuf*. Puis il fait, à sa manière, une théorie comparée de la nature humaine et de l'animal qui n'est pas sans valeur :

> Sur tous les animaux, enfants du Créateur,
> J'ai le don de penser et *je sais que je pense*.
> Or vous savez, Iris, de certaine science,
> > Que quand la bête penserait,
> > La bête ne réfléchirait
> > Sur l'objet ni sur sa pensée (2) ;

et cette absence de réflexion et de connaissance des phénomènes qui se passent en elle établit, pour le fabuliste-philosophe, une ligne de démarcation essentielle de la bête à l'homme, tout en plaçant la première bien au-dessus d'un pur mécanisme. Il conclut en accordant, à la façon des philosophes de l'antiquité, deux âmes à l'homme, l'une

(1) Cf. Henri Joly, *L'Homme et l'animal*; et le P. de Bonniot : *La Bête comparée à l'homme*.
(2) La Fontaine, *Fables*, liv. X, fab. 1.

pareille à celle des bêtes, grossière et enveloppée dans la chair, l'autre, une sorte d'esprit pur selon la conception de Descartes.

La réaction contre l'exagération cartésienne ne se renferma pas dans d'aussi sages limites. Un excès appelant l'excès contraire, on commença dès lors à tenter d'établir une sorte d'identité de nature entre l'animalité et l'humanité ; et Bossuet dut élever la voix pour rétablir le rang de la créature faite à l'image de Dieu. Si l'on étudie attentivement le long et important chapitre que l'Aigle de Meaux a consacré à cet objet, dans le traité *De la connaissance de Dieu et de soi-même* (1), on remarquera que, d'une dialectique puissante, irréfutable, en tout ce qui tend à établir la supériorité de nature de l'homme et l'infériorité de la bête, le grand orateur est moins assuré et moins heureux quand il cherche à définir le mode d'être, l'essence de celle-ci, comme on le verra plus loin. Mais d'abord indiquons les principales lignes de son argumentation.

Tous les mouvements des animaux sont exactement appropriés à leur fin, — et il en est de même de ceux que l'homme exécute d'instinct et antérieurement à toute intervention de sa raison ou de son raisonnement, — parce qu'ils sont réglés par une raison supérieure et qui est en dehors d'eux. Mais de ce que les animaux se meuvent convenablement ou, si l'on veut, raisonnablement par rapport à certains objets, il ne résulte pas qu'ils le fassent par suite de raisonnement ; il faudrait pour cela prouver, ce qui ne se peut, qu'ils connaissent cette convenance ou cette raison, et qu'ils l'adoptent par choix. C'est pourquoi la bête *n'apprend* rien, au sens propre du mot. On la *dresse*, il est vrai, en lui faisant subir une suite d'impressions matérielles associées aux mouvements qu'on veut lui faire exécuter ou éviter, de manière à lui faire contracter peu à peu *l'habitude* de la suite d'actes constituant le but du dressage : mais rien d'intellectuel n'y est en jeu. Au contraire,

(1) Chap. v, *De la différence entre l'homme et la bête.*

l'homme apprend véritablement, parce que, étant touché
des idées immatérielles, ainsi que « des proportions et des
règles immuables qui les entretiennent », il reçoit commu-
nication des pensées d'autrui, se les assimile, les compare.
Ainsi la nature humaine arrive à la connaissance de Dieu
et, par là, à l'idée du bien et du vrai, de la sagesse infinie,
de l'immutabilité, de l'éternité, de la justice, de l'ordre
social, de la fraternité humaine, — ce que, à moins
de renoncer au bon sens, l'on ne saurait accorder aux animaux. Aussi ces derniers *n'inventent-ils rien*, ni une arme,
ni un outil, ni un signal, alors que l'homme le plus stupide
invente au moins quelque signe pour se faire comprendre.

Il y a plus. Par la réflexion, l'homme s'élève au-dessus
des sensations, des imaginations, des appétits, pour les
observer, les comparer avec leurs objets, en rechercher
les causes, arriver à la vérité, puis d'une vérité passer à
une autre : une fois un premier pas franchi, l'homme ne
s'arrête plus dans la voie du progrès. Mais les animaux
n'ont, depuis l'origine du monde, rien ajouté à ce que la
nature leur a donné. Enfin la liberté que possède l'homme
introduit la variété, la multiplicité des directions dans ce
qu'il invente, et, par le choix qu'elle lui laisse entre le bien
et le mal, crée pour lui la responsabilité. L'animal ne
possède aucune liberté ; il fait tout fatalement et se laisse
dompter par l'homme qui l'asservit à son usage.

Mais quelle est la cause de ces mouvements des animaux, qu'ils accomplissent par instinct? Ici l'évêque de
Meaux évite de se prononcer. Il cite l'opinion de saint
Thomas qui fait tout dépendre du sensitif, et celle de
Descartes qui ne reconnaît dans les animaux qu'un mécanisme comparable à celui des horloges. Mais, après avoir
indiqué ce qu'il considère comme les avantages et les
inconvénients de l'une et de l'autre, il laisse entrevoir que
celle de Descartes aurait ses préférences. Tout au plus
concéderait-il qu'il y aurait dans les bêtes « quelque sensation jointe à l'impression des objets, » la nature ayant

attaché le plaisir et la douleur aux choses convenables et contraires, d'où les appétits suivent naturellement, sans qu'il y soit besoin de raisonnement. Ainsi présentée, la sensation ne serait, dans la machine animale, qu'une sorte d'accessoire, d'auxiliaire. Aussi Bossuet, ne s'attachant pas suffisamment, sans doute, à saint Thomas, dans la distinction entre le sensitif et l'intellect, refuse-t-il à l'animal toute espèce de langage, ce qui est une erreur ; car il faut distinguer le langage sensible, spontané, correspondant aux facultés qui dérivent des sens, et que les animaux possèdent, ainsi que l'homme du reste, — du langage intellectuel, artificiel, convenu, inventé et possédé par l'homme seul.

Contemporain de Bossuet, bien que plus jeune d'une vingtaine d'années, Leibnitz a mieux compris la nature intime de la bête. On peut s'en convaincre en parcourant ses *Nouveaux essais sur l'entendement humain* (texte et avant-propos) écrits en réponse aux *Essais* de Locke. Il remarque que s'il y a, dans les animaux, un rudiment, « une ombre » de raisonnement, cette ombre résulte de la *consécution* de leurs impressions et de leurs sensations ; mais que, pour qu'il y eût raisonnement véritable, il faudrait qu'ils eussent la connaissance de *quelque raison* de la liaison de leurs perceptions, connaissance que les sensations seules ne sauraient donner ; tandis que les consécutions des animaux sont purement empiriques, les dirigeant d'après ce qui arrive dans des circonstances semblables, sans qu'ils soient « capables de juger si les mêmes causes subsistent ». Et Leibnitz ajoute : « C'est pour cela qu'il est si aisé aux hommes de tromper les bêtes ». L'homme seul a la faculté de parler, c'est-à-dire d'émettre des sons articulés ou de former des signes correspondant à des idées. Plusieurs animaux ont des organes aussi propres que les nôtres à former la parole ; cependant ils ne parlent pas, ou bien si, par imitation, ils prononcent quelques mots, ces mots ne sont, pour eux, le signe d'aucune idée.

En un mot, pour Leibnitz, les animaux sont beaucoup plus que des automates ; ils ont, avec les sensations, l'imagination, la mémoire, une perception ou connaissance ; mais ils sont guidés par la consécution, non par la comparaison de leurs impressions; *ils sont purement empiriques.*

III

LE XVIIIᵉ SIÈCLE.

Jusqu'ici les philosophes dont nous avons rappelé l'opinion sont peu ou ne sont point, — si l'on excepte Aristote et saint Thomas,—naturalistes; et cet éloignement de l'histoire naturelle est bien pour quelque chose, sans doute, dans l'erreur cartésienne. A partir du xviiiᵉ siècle il n'en est plus de même : hormis Condillac et David Hume, tous les écrivains qui ont envisagé la question, Réaumur, Buffon notamment qui les domine tous, La Mettrie, Charles Bonnet, Georges Leroy, comme aussi ceux de notre siècle, sont tous, à des titres divers, de science directe ou d'érudition, naturalistes au moins par quelque côté.

Réaumur n'avait guère fait que poser le problème. Il estime bien que, en raisonnant par analogie, on aurait quelque penchant à prêter de l'intelligence aux insectes; mais en y regardant de plus près, il reconnaît que les fondements de cette appréciation sont des plus futiles (1). — Condillac, qui rapporte exclusivement l'origine des idées à la sensation, et pour qui la réflexion n'est que la sensation ajoutée à la sensation, n'est pas illogique en plaçant des opérations intellectuelles à l'origine des habitudes des animaux : il le devient en admettant cette proposition que toute connaissance en la bête résultant d'un même principe, le besoin, tous les individus d'une

(1) Cf. Réaumur, *Mémoire pour servir à l'histoire des insectes,* t. I.

même espèce contractent fatalement les mêmes habitudes et agissent de la même manière (1); choses incompatibles avec la réflexion, le raisonnement, la liberté qu'il leur accorde en même temps. — David Hume émet des paradoxes comparables à ceux de Montaigne, quoiqu'en d'autres termes : Si les instincts animaux se développent, en l'homme, jusqu'à la faculté de raisonner sur des propositions générales, cela ne lui sert qu'à se tromper sans profit (2). D'où il serait facile de conclure, comme le fameux sceptique du xvie siècle, que la condition de la brute est préférable à celle de l'homme.

Buffon est plus sérieux. S'il subit un peu trop l'influence de l'école néo-sensualiste, s'il se débat parfois dans des contradictions qui dénotent une certaine hésitation dans son esprit, il n'en émet et développe pas moins des propositions fort sensées et fort justes et qu'il y a profit à indiquer. Entre la vie matérielle de l'homme et celle de la bête, les analogies et les ressemblances sont nombreuses : toutefois l'homme le plus stupide conduit et maîtrise le plus « spirituel » des animaux. Ceux-ci ne possèdent jamais la parole, alors que rien ne manque dans la conformation de plusieurs d'entre eux pour qu'ils puissent en user. Sans doute l'impression des objets extérieurs agit d'abord sur les sens de l'homme comme sur ceux des bêtes ; cependant on voit sans cesse que l'affaiblissement ou le peu de développement des sens ne nuisent en rien, en lui, au développement des facultés intellectuelles, tandis que, dans l'animal, les aptitudes de l'espèce sont toujours proportionnées au développement sensoriel de l'individu. Le grand naturaliste explique fort sensément comment les actes que les animaux accomplissent sous l'impulsion de leurs sens peuvent revêtir les apparences d'une conduite dirigée par le raisonnement : c'est que, recevant les mêmes

(1) Cf. Condillac, *Traité des animaux; Essai sur l'origine des connaissances.*
(2) D'après M. Henri Joly, *loc. cit.*

impressions des sens que les animaux, nous y mêlons d'habitude notre raisonnement et ne distinguons plus les effets de la première indépendamment du second. Ainsi un chien qui a été battu pour avoir dérobé de la viande, par exemple, n'ose plus y toucher sans l'agrément de son maître qu'il sollicite par des mouvements divers. Tout cela s'explique par l'association des impressions reçues dans le cerveau de l'animal, sans l'intervention d'aucun raisonnement.

Cependant Buffon, qui accorde la sensibilité et l'imagination aux animaux, leur refuse la mémoire. C'est une inconséquence : elle justifie le reproche qui lui a été fait de tomber inconsciemment dans l'automatisme cartésien, alors pourtant que, ailleurs et notamment à propos des castors, il accorde à ces rongeurs une certaine « lueur d'intelligence ». Il en est de la mémoire chez les animaux comme de l'imagination : elle est sensitive et passive et n'implique nécessairement aucune intervention de l'intelligence et de la volonté. C'est ce que Buffon n'a pas compris. Aussi considère-t-il, dans plusieurs de ses écrits, la nature animale comme exclusivement matérielle ; et attendu que cette nature matérielle existe aussi en l'homme concurremment avec l'intelligence et la raison, il en conclut que l'homme est double, *homo duplex*, et que c'est en raison de sa nature composée de deux principes opposés qu'il a tant de peine à se concilier avec lui-même (1).

Rien à dire de La Mettrie, ce médecin matérialiste, qui reprend pour son compte l'automatisme animal des Cartésiens afin de l'étendre à l'homme : personne aujourd'hui, même parmi les plus ardents de nos adversaires, n'accepterait une théorie pareille. A un point de vue et dans un esprit opposés, les idées du naturaliste genevois Charles Bonnet, qui fait dépendre les opérations intellectuelles de

---

(1) Cf. Buffon, *Hist. nat. de l'homme.* — *De la nat. de l'homme.*, in Œuvres complètes, t. IV, édit. de 1774. — *Discours sur la nature des animaux*, Hist. nat. de l'hom., t. V.

la forme et de la disposition des fibres du cerveau, forme et disposition acquises chez l'homme, innées en l'animal, ne sont guère plus acceptables : elles aboutiraient logiquement à l'automatisme, sans éviter d'ailleurs une certaine confusion entre les opérations véritablement intellectuelles et l'activité purement animale.

Cette confusion, que nous allons voir, à de rares exceptions près, s'établir de plus en plus parmi les naturalistes, se manifeste déjà d'une manière fort digne d'attention, au siècle dernier, chez le lieutenant des chasses de Versailles, Georges Leroy (1). Dominé, peut-être à son insu, par l'influence de l'École condillacienne, il ramène toutes les facultés intellectuelles à la sensibilité, et arrive ainsi logiquement à faire s'élever l'instinct, par voie de perfectionnement, jusqu'à l'intelligence. Mais il est remarquable qu'il suffirait de modifier la technologie de cet auteur, en remplaçant les termes dont il se sert se rapportant aux facultés intellectuelles, par les termes homologues concernant les facultés sensitives, en donnant, par exemple, au mot *réflexion* le sens de *sensation renouvelée,* et en remplaçant l'*intelligence* par la *sensibilité* servie par la *mémoire,* pour rendre la théorie de Leroy assez acceptable et presque voisine de celle de Leibnitz. Ainsi modifiée, elle n'exclut pas moins toute tendance à l'automatisme pur ou mitigé, tout en rapportant aux facultés sensitives les aptitudes animales qui simulent l'intelligence.

IV

FRÉDÉRIC CUVIER ET PIERRE FLOURENS (2).

Plus sagaces observateurs et de réflexion plus approfondie que Georges Leroy, deux naturalistes distingués de la première moitié de notre siècle ont nettement séparé

(1) Cf. G. Leroy, *Lettres philosophiques sur l'intelligence et la perfectibilité des animaux.*

(2) Cf. Pierre Flourens, *De l'instinct et de l'intelligence des animaux,* 5ᵉ édition, 1870. Paris, Garnier frères.

l'instinct de l'intelligence. Frère du grand paléontologiste Georges Cuvier, et directeur de la Ménagerie du Muséum d'histoire naturelle, Frédéric Cuvier, après lui et avec lui le célèbre physiologiste Pierre Flourens, refusent explicitement, — en principe du moins, — toute raison à la bête, en lui accordant toutefois, en plus des instincts, une certaine intelligence rudimentaire, mais irréfléchie et inconsciente, variant du reste en étendue avec les espèces. Sans examiner quant à présent la thèse d'une intelligence spécifiquement inférieure s'ajoutant à l'instinct des animaux, observons que nos deux estimables savants ne suivent pas toujours, dans l'application, la logique de leur principe : ainsi le premier attribue à un singe des combinaisons d'idées et la faculté de généraliser, du fait que cet animal secoue l'arbrisseau sur lequel il s'est réfugié, à l'approche d'une personne aux allures menaçantes ; il estime que le cheval et le chien *apprennent la signification* de quelques-uns de nos mots, et que le dernier obéit librement, pouvant appliquer à d'autres actes les facultés à l'aide desquelles il obéit à son maître. De son côté Flourens admet que les bêtes combinent mentalement les impressions qu'elles reçoivent comme nous par leurs sens, qu'elles en tirent des rapports et en déduisent des jugements. Mais la formation raisonnée des jugements, la perception des rapports, la combinaison mentale des idées ou des impressions, la généralisation, impliquent bel et bien la plénitude de l'intelligence, c'est-à-dire la raison. Cuvier et Flourens sont ici, comme tant d'autres, dupes de la confusion entre les facultés intellectuelles proprement dites et les facultés sensitives qui, à tant d'égards secondaires, simulent celles-là. Il n'en est pas moins important de retenir que, dans leur pensée, l'intelligence inférieure qu'ils accordent aux animaux est exclusive de la raison, s'ignore elle-même et ne comporte pas la réflexion; en sorte que, s'ils sentent et connaissent, l'homme seul a le pouvoir « de *sentir qu'il sent,* de *connaître qu'il connaît,* de penser qu'il pense ». Négligeons les fausses applications, relatées plus haut, de ces principes vrais : il y aurait peu à changer à la thèse de nos deux naturalistes, — quelques termes à modifier, quelques définitions à rectifier, — pour la mettre pleinement sur la voie de la vérité. Somme toute et sauf les erreurs de détail, ils reconnaissent expressément, sous une forme particulière, la supériorité de nature de l'espèce humaine sur les espèces animales, ce qui est le point essentiel. On peut encore rapprocher d'eux Isidore Geoffroy-Saint-Hilaire qui, à l'exemple de Buffon, ne veut pas qu'on sépare ici la philosophie de l'histoire naturelle, et estime, comme aujourd'hui le vénérable M. de Quatrefages, mais pour des raisons plus générales et plus complètes, que l'homme, un dans sa double nature, doit constituer à lui seul un règne dans le monde vivant, le règne humain.

Ces clartés de la raison et du bon sens n'ont malheureusement pas prévalu, sauf de trop rares exceptions, parmi les savants en matière d'histoire naturelle de la seconde moitié de notre siècle. Les uns, comme les Huxley, les Carl Vogt, les Broca, les Dr Claus, les John Lubbock, les Charles Richet, ne veulent considérer dans l'homme que l'organisme vivant, l'objet physiologique ou anatomique, et sont logiquement conduits à ne voir en lui qu'un animal très perfectionné, le plus parfait de tous, mais enfin un pur animal, — ce qui est d'ailleurs un postulat nécessaire à la théorie, si chère à ces savants, de l'évolution absolue. D'autres, animés d'ailleurs du même esprit et de vues identiques, inclinent davantage à s'occuper des animaux pour découvrir en eux les éléments, ou tout au moins le germe, d'une intelligence non pas spécifiquement restreinte à la façon de Cuvier et de Flourens, mais de l'intelligence proprement dite, c'est-à-dire comprenant la raison. MM. Mathias Duval (1), Edmond

(1) *Le Darwinisme*, 1886. Paris, Delahaye et Lecrosnier.

Perrier (1), Beaunis (2), Romanes (3), comptent parmi les membres les plus en vue de cette école. Enfin des savants sincèrement spiritualistes, mais insuffisamment renseignés, sans doute, sur les éléments de la psychologie, veulent tout à la fois séparer entièrement la nature humaine de la nature animale, et accorder cependant à celle-ci le raisonnement, la réflexion, la comparaison, tous les éléments de la raison en un mot. Nous avons nommé MM. Ém. Blanchard (4) et de Quatrefages (5), tous deux membres des plus distingués de l'Institut.

Il n'est guère que M. Henri Fabre, le célèbre entomologiste avignonnais, qui fasse exception (6). Appuyé sur plus de vingt années d'observations journalières portant principalement sur les mœurs, le genre de vie et les habitudes des insectes, il démontre par une multitude de faits que, doués d'aptitudes des plus merveilleuses, chacun dans certaines directions déterminées, tous les animaux qu'il a observés sont, en même temps, d'une stupidité parfaite dans tout le reste.

Quant aux soi-disant démonstrations des tenants de l'intelligence et du raisonnement chez les bêtes, elles consistent à supposer d'abord admis ce qui est précisément en question, à savoir cette intelligence même, et à appuyer ensuite cet état prétendu sur des exemples. Ainsi, d'après M. Romanes, une troupe de grenouilles, coassant dans un fossé plein d'eau, font preuve d'une « faculté considerable de jugement, » parce qu'elles se taisent brusquement à la vue d'un hibou qui vient de se poser, — apparemment pour les croquer, — sur le bord du fossé. — Un chien

(1) La Philosophie zoologique, 1884; L'Évolution mentale, 1887. Paris, Alcan. Le Transformisme, 1888. Paris. J.-B. Baillière.
(2) Les Sensations internes, 1889. Paris, Alcan.
(3) L'Intelligence des animaux. 1887. Paris, Alcan.
(4) La Vie des êtres animés. 1888. Paris, Masson.
(5) L'Espèce humaine, 7e édit., 1883. Paris, Germer-Baillière. — Introduction à l'étude des races humaines, 1889. Paris, Hennuyer.
(6) Souvenirs entomologiques, 1879. et Nouveaux souvenirs entomologiques, 1882. Paris, Delagrave.

agit sous l'influence d'une conception intellectuelle pareille à celle de l'homme, quand, après un bon dressage, il ne se jette pas, ayant faim, sur un morceau de viande, avant un signe de son maître. Ailleurs le même naturaliste présente comme « expression évidente » de phénomènes *intellectuels* chez divers animaux, des marques d'affection, de jalousie, de colère et autres passions, phénomènes de sensibilité pure qui, pour n'être pas d'ordre matériel, n'ont cependant rien de commun avec l'intelligence. C'est là, poussée à l'extrême, cette confusion souvent signalée dans ce qui précède, et qui, dans tout le cours des deux volumes de G. J. Romanes, fausse son jugement et enlève toute autorité à ses exemples. L'emballement d'un cheval qui prend peur résulte, pour cet écrivain, de la perturbation des « facultés mentales » et de la perte de la « présence d'esprit » de cet animal. Deux mères-abeilles, fortuitement réunies dans la même ruche, entrent en combat l'une contre l'autre : comme elles s'arrêtent, sans doute épuisées, au moment où elles auraient pu s'entre-tuer simultanément, l'auteur en conclut qu'elles se sont volontairement abstenues de pousser le combat à ses dernières conséquences, *étant consternées à l'idée de laisser la ruche sans reine !* C'est là ajouter aux faits le produit de l'imagination du narrateur; et c'est par ces additions, inconscientes souvent, que l'on donne à des actes passionnels très simples des apparences de complexité et de raisonnement.

Traducteur en même temps qu'admirateur de l'ouvrage de J. Romanes, M. Edmond Perrier nous offre, à l'appui de la même thèse, des considérations plus étonnantes encore. Qu'une Ammophile hérissée, par exemple, perce neuf fois de son dard une chenille pour atteindre et immobiliser ses ganglions nerveux, afin de préparer une proie vivante à une larve qui ne sortira de l'œuf que longtemps après la mort de la mère ammophile, M. Perrier concède à M. Fabre que ce serait en effet une chose merveilleuse

" un miracle " (!) — mais seulement si l'on admettait que les choses se sont toujours passées ainsi, que l'insecte *ancestral* (sic) n'a pas autrefois survécu à sa progéniture pour en surveiller l'éducation, etc...

Or, pour M. Perrier. l'insecte dit ancestral ; son existence prolongée pour faire, aux temps géologiques, l'éducation de sa progéniture ; la transmission par hérédité de son intelligente prévoyance, etc., etc., sont des axiomes, des dogmes, qu'il n'est pas permis de révoquer en doute ; par suite les conclusions que voudraient tirer, du fait de l'Ammophile, M. Fabre et ceux qui, avec lui, attribuent ces aptitudes à un instinct merveilleux mais exclusif de l'intelligence, n'ont aucune importance à ses yeux. Pour nous, qui accordons aux faits observables et observés plus de valeur qu'aux hypothèses et aux conjectures plus ou moins chimériques des théoriciens de parti pris, nous nous en tiendrons aux conclusions du savant entomologiste. L'abeille qui verse la dose ordinaire de miel dans l'alvéole dont on a enlevé le fond, et la rebouche ensuite soigneuse-ment ; le sphex qui ne sait plus saisir par les pattes la proie vivante dont on a coupé les antennes, sont les mêmes qui, peu auparavant, avaient, l'une avec une science géométrique consommée, construit les cellules de son gâteau de cire, l'autre, avec une dextérité et un savoir anatomique non moindres, comprimé les ganglions cervi-caux et paralysé les nerfs moteurs de sa proie. Tour à tour d'une habileté à défier l'intelligence humaine la mieux douée, quoique sans avoir jamais rien appris, puis d'une ineptie et d'une stupidité absolues en tout le reste, ces insectes agissent assurément, dans le premier cas, en vertu d'une raison, mais d'une raison qui est, comme le dit Bossuet, en dehors d'eux et non pas en eux.

Tous les actes des animaux, assurément, ne présentent pas ces sortes de contradictions tranchées, et à un tel degré. Mais toutes les historiettes qui, de Pline l'ancien jusqu'à nous, se racontent sur les prétendus traits d'intel-

ligence des éléphants, des oiseaux, des singes, des chiens,
des chats et de toute espèce de bêtes, perdent singulière-
ment de leur allure merveilleuse si, une fois leur authen-
ticité vérifiée et bien établie, on les réduit à l'exposé des
faits bruts en les dépouillant des commentaires, des embel-
lissements et des insinuations qui y ont été visiblement
ajoutés par l'imagination des narrateurs. Elles s'expliquent
alors très bien par l'action combinée des sens, des appétits, de la perception extérieure, de l'imagination et de la
mémoire, sans qu'il soit nécessaire d'y faire intervenir
aucune opération intellectuelle.

V

MM. ÉM. BLANCHARD ET DE QUATREFAGES.

Les exemples et le mode d'argumentation des écoles
matérialistes et de l'évolution absolue valent plus, il est
facile de le voir, par le bruit que font leurs adeptes comme
par la renommée et la situation de leurs fauteurs dans le
monde savant, que par leur sérieux et leur importance
réelle. Les citer simplement, c'est déjà presque les réfu-
ter, du moins aux yeux de tout esprit sincère et qui n'a
pas divorcé avec les lois ordinaires de la logique et du
raisonnement.

Une attention plus grande est due aux opinions expri-
mées par les deux savants spiritualistes dont nous avons
plus haut rappelé les noms. L'esprit libre d'idées toutes
faites, dégagés des préjugés à la mode, sans partis pris
ni systèmes préconçus, en un mot, guidés dans leurs
recherches et leurs inductions par le seul amour de la
vérité, ces éminents naturalistes, beaucoup plus rappro-
chés que leurs confrères de la solution vraie, s'en écartent
cependant sur un point capital et sur lequel il est nécessaire de les combattre. Ils admettent bien, spéculative-

ment, une supériorité de l'homme qui le met hors de pair avec la bête; mais en accordant à celle-ci un principe rationnel, ils renversent inconsciemment la base même de cette supériorité.

L'erreur de M. Émile Blanchard provient principalement de ce qu'il ne conçoit pas d'intermédiaire entre la bête-machine et la bête douée de raison. Refusant à bon droit de considérer l'animal comme un pur automate, il est donc fatalement conduit à lui accorder l'intelligence, et ne paraît pas soupçonner que la vérité puisse se trouver entre ces deux extrêmes. Cependant il admet que l'homme « domine la création entière par ses facultés intellectuelles et par la parole; » et il détermine le caractère qui le différencierait de la brute par ce fait que l'intelligence de celle-ci ne se manifesterait généralement que suivant une direction déterminée en chaque espèce, tandis que celle de l'homme est apte à se développer et à s'étendre dans toutes les directions. Mais les facultés de l'intelligence ne peuvent pas, selon M. Blanchard, être soumises à une autre loi que celle des développements de l'échelle zoologique : d'où l'on doit sans doute inférer que si l'homme domine toute la création par son intelligence et le don de la parole, c'est seulement parce qu'il possède l'organisme le plus perfectionné de toute la série animale. Mais alors que devient la ligne de nette démarcation entre cet organisme le plus perfectionné et celui qui prend sa place immédiatement au-dessous ? Et si cette démarcation disparaît, quelle fin de non-recevoir légitime reste-t-il à opposer à l'hypothèse évolutionniste que, précisément dans le même écrit, M. Blanchard combat si vigoureusement ? D'ailleurs une pétition de principe se cache sous ce raisonnement : poser que les facultés *intellectuelles* ne peuvent pas être soumises à une autre loi que celle des développements de l'échelle zoologique, c'est admettre implicitement ce qui est précisément en question, à savoir que l'intelligence existe, au moins virtuellement, dans l'animalité tout entière. Assurément l'organisme humain est soumis aux mêmes lois que l'animalité pure : mais de même que celle-ci est sujette aux lois de la vie végétative, ce qui ne l'empêche pas d'être régie en outre par d'autres lois qui lui sont propres, — de même la nature humaine, pour être soumise aux mêmes lois que l'animale, ne laisse pas que d'être régie, en plus, par des lois spéciales qui la distinguent de la bête comme celle-ci se distingue de la plante.

M. Blanchard fait grand état des travaux du castor. Buffon l'avait fait avant lui et même plus que lui, se déjugeant du reste en partie à propos de la remarquable industrie de ce mammifère. Mais si merveilleux que soit le travail des castors, ils l'exécutent sans l'avoir appris, tel qu'ils l'ont exécuté dès l'origine ; s'ils en modifient la direction suivant les circonstances locales, c'est toujours identiquement dans des circonstances pareilles, restreintes d'ailleurs à un petit nombre de cas déterminés, et lors même que, tous leurs besoins étant satisfaits, les constructions qu'ils élèvent ne doivent leur servir à rien. Ils ne sont donc pas dirigés par « des projets concertés et des vues générales, » par une raison qui serait en eux, mais bien par cette impulsion naturelle qu'on appelle instinct.

Enfin M. Blanchard estime que l'argument tiré de la loi du progrès est sans valeur, attendu que c'est seulement la société qui progresse et non l'homme individuel : on a, dit-il, confondu l'espèce avec la société. Mais la confusion n'est qu'apparente, car si la société humaine progresse en utilisant le travail de ses membres, c'est vraisemblablement en raison même des facultés et des aptitudes spéciales dont l'espèce est douée. Car il n'apparaît pas que, groupée en société ou non, aucune autre espèce connaisse la loi du progrès.

M. de Quatrefages établit, mieux que M. Blanchard, la séparation essentielle entre les deux natures, et il en conclut, avec toute raison, la nécessité de reprendre l'idée d'Isidore Geoffroy-Saint-Hilaire, en rangeant l'homme dans un règne à part. Mais il met la barrière qui établit cette séparation en deçà de sa place véritable. Et comme cet en *deçà* ne constitue qu'une limite artificielle et arbitraire, l'école matérialiste n'a pas de peine à démontrer, par l'organe de M. Carl Vogt, président de l'Institut genevois, que cette démarcation est vaine, étant admis par l'éminent naturaliste français lui-même que l'autre barrière, la véritable, n'existe pas réellement.

N'apercevant, lui non plus, aucune différence entre les facultés sensitives et intellectuelles, M. de Quatrefages veut que, après avoir observé de près les phénomènes, nous interprétions et jugions les mouvements des animaux *uniquement* d'après nous-mêmes, attendu que les bêtes, ne parlant pas, ne peuvent nous rendre compte de ce qui se passe en elles. On pourrait sans doute objecter que, puisque les bêtes ne parlent pas, il y a là tout au moins l'indice d'une faculté existant chez l'homme qui leur serait étrangère. Mais M. de Quatrefages réplique que si l'homme seul a la parole, la voix articulée, deux classes d'animaux ont la voix ; celle-ci constitue un langage rudimentaire que comprennent entre eux les animaux de chaque espèce et souvent d'espèces différentes, et qui est à la parole ce que l'intelligence des animaux est à l'intelligence humaine. Ce n'est donc pas, pour le savant naturaliste, l'intelligence ou le langage qui établissent une barrière matérielle entre la brute et l'homme. Mais l'homme a, d'une manière plus ou moins nette ou plus ou moins vague : 1° la notion du bien et du mal moral et le sentiment de sa responsabilité ; 2° la notion de la Divinité et d'une certaine prolongation de l'existence après la mort ; autrement dit, la *moralité* et la *religiosité*. Et voilà en quoi, selon le docte académicien, la nature humaine se distingue essentiellement de la nature animale, et non point par des phénomènes se rattachant à l'intelligence. La preuve, c'est qu'un chat qui, en chasse, emploie mille ruses pour surprendre le gibier qu'il poursuit, *sait ce qu'il fait* aussi bien que le chasseur qui emploie des procédés analogues ; c'est encore qu'un chien jouant avec son maître en émettant des grondements qui simulent la colère, et évitant toutefois de le mordre alors qu'il entaille avec ses dents un morceau de bois que son maître tient à la main, exécute évidemment une scène de comédie : or on ne peut jouer la comédie sans savoir ce que l'on fait.

Il est facile de répondre au savant académicien que le chien jouant avec son maître connaît son maître, — non pas *un* maître, non pas *un* homme, mais *cet* homme qui est *son* maître ; que ce chien aime son maître et ne veut pas le mordre ; qu'il connaît aussi le morceau de bois, — non pas *un* morceau de bois pris abstractivement, mais *ce* morceau de bois tenu à la main et qu'il cherche à attirer à lui ; que les grondements du chien peuvent exprimer aussi bien le plaisir du jeu que l'irritation ; qu'enfin il n'exécute pas une scène de comédie, car il joue aussi avec d'autres chiens et même tout seul. Or la connaissance concrète, fournie par la perception extérieure des objets, n'implique pas l'intelligence, c'est-à-dire la faculté de passer du particulier au général, du concret à l'abstrait, et de lier deux connaissances successives par la constatation d'un rapport constituant un jugement. — Dire qu'un chat qui guette et poursuit un gibier quelconque *sait ce qu'il fait* aussi bien que le chasseur de notre espèce dans des circonstances analogues, c'est non seulement poser une assertion sans preuves, mais affirmer cela même qu'il faudrait démontrer. L'homme qui chasse procède d'après des raisonnements fondés soit sur ses propres observations, soit sur celles qui lui ont été communiquées par d'autres personnes, autrement dit après un apprentissage intellectuel ; tandis que le chat n'a rien appris et n'a pas besoin d'avoir rien appris : à peine sevré de la mamelle maternelle, il guettera et chassera souris ou gibier du premier coup et avec les mêmes ruses que toutes les générations de chats qui l'ont précédé. S'il « sait ce qu'il fait, » c'est, en tout cas, d'une manière inconsciente, fatale, non apprise : il ne le sait donc pas à la manière du chasseur de notre espèce qui, lui, a parfaitement conscience de savoir ce qu'il fait ; autrement dit, qui *sait qu'il le sait.* De même, si l'on jette un chat à l'eau, ou s'il y tombe, dès la première fois il se mettra à nager et gagnera le rivage sain et sauf.

Ici M. de Quatrefages encourt, sans le savoir, un reproche analogue à celui qu'il formule, d'ailleurs à tort, contre les psychologues, d'attribuer à l'âme seule toutes nos facultés. Sans doute l'âme humaine participe à toutes les facultés du composé humain ; ce qui n'empêche pas certaines de ces facultés d'être déterminées par l'orga-nisme, sans lequel elles n'existeraient pas, alors que d'autres subsistent indépendamment de lui ; et c'est parce que les psychologues tiennent compte de cette distinction essentielle qu'ils n'ont pas besoin de faire intervenir l'intelligence pour interpréter des actes qui s'expliquent très bien par les facultés sensitives.

Or l'homme possède les facultés sensitives comme la brute et en fait le même usage ; seulement, comme il y mêle presque toujours le jeu de ses facultés intellectuelles, il faut un effort d'abstraction assez grand pour démêler, chez nous, ce qui résulte de la connaissance purement sensitive de ce que la notion intellectuelle et le raisonne-ment ont pu y ajouter. La même remarque s'applique au langage ; et les animaux, comme ils ont une connaissance sensible déterminée par les impressions que reçoivent leurs sens, ont aussi un langage qui exprime ces impres-sions et les sensations qu'elles amènent. C'est un langage naturel, spontané, non appris, que l'homme possède égale-ment de naissance et qu'il comprend indépendamment de toute langue articulée. Mais ce langage-là, en soi, ne rend que des sensations, des émotions, des passions : il n'exprime jamais des idées, moins encore des liaisons

d'idées entre elles. Il suffit à la bête et elle s'en est tenue
là : il ne pouvait suffire à l'homme intelligent qui a pu
inventer (1) les langues articulées et conventionnelles.

C'est donc bien l'intelligence qui établit la différence
essentielle de l'animal à l'homme ; et si celui-ci possède
la *moralité* et la *religiosité,* c'est que, par son intelligence,
par sa raison, il sait discerner le bien du mal et avoir,
avec le sentiment de sa liberté, celui de sa responsabilité ;
c'est que, par elles encore, il a la notion de l'*être* et l'idée
de causalité, et qu'il remonte de ces notions élémentaires
à l'idée transcendante de l'Être tout-puissant et infini.

M. de Quatrefages est donc dans le vrai quand il fait
de l'espèce humaine un règne spécial ; il n'y est qu'incom-
plètement lorsqu'il place la raison de cette démarcation
en deux ordres de phénomènes qui ne sont que des
conséquences, et non les seules, d'un phénomène plus
général, la possession de la raison.

VI

LES PHILOSOPHES CONTEMPORAINS ET LA VRAIE SOLUTION.

Ces erreurs, cette méconnaissance de la nature et des
conditions de l'âme humaine, étonnent de la part d'hommes
d'une aussi haute situation intellectuelle que MM. de
Quatrefages et Blanchard, et surtout d'une sincérité,
d'une droiture et d'une probité scientifique sans conteste.
On a lieu d'être surpris de voir des esprits de cette valeur

(1) Nous disons : " qui *a pu* inventer ; „ car serait-il rigoureusement exact
de dire : " L'homme *a inventé* les langues articulées „ ? En réalité l'on n'en
sait rien. Si M. de Bonald a été téméraire en affirmant au contraire que cette
parole articulée a été donnée à l'homme directement par Dieu lui-même, c'est
parce qu'il semblait donner cette opinion comme une sorte de vérité dogma-
tique, ou tout au moins comme une conséquence nécessaire de la formation
de l'homme par une intervention spéciale et directe du Créateur. Or rien ne
prouve qu'il en soit ainsi. Assurément Dieu a pu créer le premier homme
adulte pour la faculté de parler comme pour celle de marcher ; mais ce n'est là

négliger, avant de traiter *ex professo* une question de psychologie comparée, de s'enquérir des notions élémentaires de la psychologie proprement dite.

Ce ne sont pourtant pas les enseignements qui font défaut. De 1870 à 1877, M. Henri Joly, par deux ouvrages couronnés par l'Institut (1); tout récemment le R. P. de Bonniot, en deux volumes conçus sur un plan différent (2); dans l'intervalle, M. l'abbé Hamard et le regretté Père Carbonnelle dans la *Revue des questions scientifiques* (3); M. le chanoine Duilhé de Saint-Projet, le Dr Maisonneuve, professeur aux Facultés libres d'Angers, et les RR. PP. Coconnier et Leroy dans des chapitres spéciaux d'ouvrages sur des questions plus générales (4); le R. P. Monsabré lui-même, du haut de la chaire de Notre-Dame (5), ont, à divers points de vue, abordé le sujet en

qu'une conjecture, de l'exactitude de laquelle nous n'avons aucun indice. Ce qui est certain, c'est que Dieu a créé l'homme intelligent, doué de raison ; or ce don de la raison, de la plénitude de l'intelligence, était parfaitement suffisant pour que l'homme passât naturellement et rapidement du langage naturel et spontané, du langage purement sensitif, à l'invention du langage conventionnel et articulé. En tout cas, la pluralité et la variabilité des idiomes propres à ce dernier prouve que l'homme, qui a pu si facilement le modifier, a pu aussi bien l'inventer.

(1) L'INSTINCT, *ses rapports avec la vie et l'intelligence.* Ouvrage couronné par l'Académie française, 1870. Paris, Ernest Thorin.

Psychologie comparée. L'HOMME ET L'ANIMAL. Ouvrage couronné par l'Académie des sciences morales et politiques, 1877. Paris, Hachette.

(2) *La Bête comparée à l'homme,* 1889. Paris, Retaux-Bray. — *L'âme et la physiologie,* 1889. Paris, Retaux-Bray.

(3) *La Place de l'homme dans la création,* REV. DES QUEST. SCIENT., juillet 1878, t. IV de la collection, et antérieurement : *Des caractères distinctifs de l'animalité,* janvier 1878, t. III, par M. l'abbé Hamard, prêtre de l'Oratoire de Rennes. — *La différence essentielle entre l'homme et les animaux,* même REVUE, t. VII, janvier 1880, par le P. Carbonnelle. — Voir aussi, du même auteur, le chapitre VII, t. II, des *Confins de la science et de la philosophie,* 1888, Paris, Palmé.

(4) *Apologie scientifique de la foi,* par M. le chanoine Duilhé de St-Projet, 3e édition, Toulouse, 1890, Paris, Palmé, et Ed. Privat, chap. XVII, § 2, et XVIII, § 1.

ÂME HUMAINE, *existence et nature,* par le R. P. Coconnier, 1890, Paris, Perrin, chap. VIII, intitulé : *En quoi l'âme de l'homme diffère de la bête.* — *L'Évolution restreinte aux espèces organiques,* par le R. P. Leroy, 1891, Paris, Delhomme et Briguet, chap. X.

(5) Quatre-vingt-onzième et quatre-vingt-treizième conférences, Carême de 1888 : *La mort* et *La vie future.*

faisant preuve d'une égale compétence, quant au côté physique et au côté psychologique du problème.

Les solutions données par ces divers auteurs varient quant à la forme, mais diffèrent peu pour le fond. M. Henri Joly, le P. de Bonniot, le Dr Maisonneuve (1), rattachent toutes les facultés psychologiques de l'animal à l'instinct. M. l'abbé Hamard, le P. Carbonnelle, M. Duilhé de Saint-Projet — ce dernier avec certaines restrictions — concéderaient, en plus de l'instinct proprement dit, un certain élément intellectuel, borné aux faits concrets et individuels, et s'ignorant soi-même. Les RR. PP. dominicains Monsabré, Coconnier et Leroy, à la suite de saint Thomas d'Aquin, accusent l'existence en la bête d'une âme, c'est-à-dire d'un principe distinct des forces physiques et chimiques et vivifiant l'organisme, une âme sensitive qui, par la perception extérieure, acquiert une connaissance sensible des faits et des objets exclusivement matériels, tout en restant impuissante à comprendre leurs rapports, à saisir la raison de leur liaison, restant toujours, suivant l'expression de Leibnitz, purement empirique. Bien que non matériel, ce principe, cette force, dépend du corps « dans toute l'étendue de son activité, et ne manifeste rien par où il le dépasse; » il doit donc périr avec lui (2).

L'homme, au contraire, s'élève à la connaissance de l'*immatériel* par des facultés indépendantes des organes. La réflexion lui permet de s'observer soi-même et de prendre conscience de son *moi*, simple et indivisible, de sa volonté libre de choisir entre le bien et le mal, par suite de sa responsabilité. Par le concours de la réflexion qui l'amène au savoir, et de l'action due à la liberté, l'homme, centuplant ses forces par l'état social, invente le langage articulé et conventionnel, le fixe par l'écriture et, de progrès en progrès, transmet sa parole écrite et même

(1) *Zoologie*, 1888, Paris, Palmé, pp. 507 et suiv.
(2) R. P. Coconnier: *L'Ame humaine*, p 477.

sa parole parlée avec la rapidité de l'éclair, par l'électricité, et conserve cette dernière par le phonographe. En un mot, il ne connaît plus de limite dans la voie du progrès. Alors que les aptitudes de la bête sont essentiellement subordonnées à la perfection de ses sens, on voit un Homère ou un Milton aveugles dicter leurs immortelles épopées, et un Beethoven, devenu sourd, écrire ses plus belles symphonies.

Les différences que nous venons de signaler dans les solutions données, par des esprits vraiment philosophiques, au problème qui nous occupe, résident bien plus dans les mots que dans le fond des choses. Si les uns, dans l'âme animale, rapportent tout à l'instinct, c'est qu'ils donnent de celui-ci une définition assez large pour comprendre même les faits qui semblent ne pas s'y rattacher d'une manière évidente. Mais si l'on réduit l'instinct proprement dit à l'accomplissement des actes nécessaires à la conservation de l'individu et à la perpétuité de l'espèce, et pouvant se produire même indépendamment de l'attrait du plaisir ou de la fuite de la souffrance, il y a place pour d'autres faits que n'expliquerait pas suffisamment l'instinct défini de la sorte. Par exemple le jeune mammifère qui, jeté pour la première fois à l'eau, nage naturellement et gagne le bord avec une aisance parfaite, agit machinalement en quelque sorte, et par le seul instinct de la conservation. De même l'abeille, qui dépose son miel dans l'alvéole et en bouche l'orifice ; de même le sphex, provenant d'une larve, née elle-même d'un œuf déposé dans le flanc d'une chenille paralysée, et qui perce, d'un aiguillon infaillible, tous les ganglions des nerfs moteurs d'une nouvelle chenille au fond de laquelle il déposera ensuite son œuf.

Mais qu'un chien ou un chat battu plusieurs fois pour s'être emparé de victuailles qui ne lui étaient pas destinées, hésite devant une occasion de commettre un larcin pareil, regardant de côté et d'autre, s'assurant que son maître ou

quelque autre commensal de la maison n'est point proche
pour lui renouveler la correction déjà ressentie, il y a,
dans cet ensemble, quelque chose de plus que les effets de
l'instinct proprement dit. N'est-il pas permis d'en conclure
que le dit animal connaît, par l'imagination et la mémoire,
les corrections qu'il a reçues en pareille occasion, et que,
pareillement, il connaît le maître ou les commensaux dont
il redoute les coups, et que c'est cette connaissance qui
modifie ou neutralise plus ou moins l'impulsion naturelle
(l'instinct) qui le porterait à s'emparer de la victuaille dont
la vue et l'odeur impressionnent ses sens ? Cette connaissance est d'ailleurs purement sensible, et les apparences
de raisonnement qu'on pourrait vouloir y voir s'expliquent très complètement par l'association et la consécution
des images.

Mais cette connaissance sensible ou sensitive diffère-
t-elle beaucoup, quant aux effets et aux résultats, de cette
intelligence rudimentaire, concrète et inconsciente, par
laquelle d'autres esprits les expliquent ? Sans doute une
telle connaissance n'est pas un phénomène matériel en soi.
L'animal connaît l'ennemi qu'il poursuit de sa haine, de
sa rancune, de sa jalousie ; il connaît l'être bienfaisant
qu'il affectionne et auquel il est dévoué ; mais ces connaissances et ces passions, pour n'être point des faits
matériels, ne sont pas davantage des faits intellectuels.

La connaissance intellectuelle résulte de la faculté de
dégager et de penser l'universel. Par l'exercice de cette
faculté, l'esprit humain peut acquérir la connaissance des
vérités indépendantes de la matière et du temps, c'est-à-
dire des axiomes ; s'élever, par l'abstraction, à l'idée d'infini ; déduire des axiomes les vérités plus particulières
qu'ils contiennent virtuellement ; prouver, en remontant
des effets aux causes, l'existence d'une cause première par
application du principe de causalité ; établir enfin que
cette cause première est infinie et parfaite, en un mot
qu'elle est Dieu. L'emploi de l'intelligence *(intellectus)*

dans cette recherche inductive et déductive, c'est, à proprement parler, la *raison*(1). L'intelligence dans son sens vrai, l'entendement, *l'intellectuel*, implique donc nécessairement la raison. C'est pourquoi il paraît préférable, contrairement aux habitudes du langage vulgaire, de ne pas appliquer cette belle dénomination même à cette connaissance particulière, concrète et inconsciente que, sous un nom ou sous un autre, personne aujourd'hui ne refuse aux animaux. Celle-ci n'est autre chose que ce sens général, le *sensus* des scolastiques, qui permet à l'animal, à l'homme même en tant qu'animal, non pas de comprendre, mais bien de *percevoir* le fait individuel, ce qui n'est pas la même chose. L'homme que menace inopinément la chute d'un corps se jette de côté par un brusque mouvement, sans réflexion, avant de rien comprendre à ce qui arrive : il a perçu le danger et l'a évité comme eût fait un animal quelconque. C'est après coup seulement que, la réflexion intervenant, il prendra la compréhension, c'est-à-dire la connaissance intellectuelle du danger auquel il vient d'échapper, de sa cause et des circonstances qui l'ont fait naître. Dans ce dernier cas, l'intelligence est intervenue; dans le premier,

---

(1) « *Intellectus*, prout a ratione distinctus, est potentia intelligens quatenus per eam homo simpliciter res apprehendit vel perspicit, et immediata judicia efformat. At eadem potentia quatenus veritatem quærit et invenit per comparationem plurium idearum, conficiendo discursum sive ratiocinationem, *ratio* proprie et speciatim nuncupatur. » (Gonzalès, *Philosophie élémentaire*, vol. I, p. 236.)

Peu importe d'ailleurs, au point de vue que nous envisageons ici, que les partisans des traditions platonicienne et cartésienne refusent d'admettre avec les scolastiques la suffisance de la conception de l'universel pour élever l'esprit, du contingent, du relatif et du fini, jusqu'au nécessaire, à l'absolu, à l'infini; et qu'ils réclament, pour affirmer Dieu et les vérités éternelles, une faculté *ad hoc*, partie supérieure de l'intelligence à laquelle serait réservée le nom de *raison*, les autres facultés ou applications de cette même intelligence étant comprises dans l'*expérience*. Ces dernières facultés elles-mêmes, qui comprennent, avec la puissance de dégager l'universel, celle d'arriver par l'observation, par une série de comparaisons, de rapprochement des ressemblances et d'élimination des différences, à des idées générales expérimentales, ne sauraient se confondre soit avec la connaissance purement sensitive, soit avec ce qui lui ressemble fort. à savoir cette intelligence rudimentaire, concrète et inconsciente que quelques-uns accordent à l'animal.

la perception extérieure, la connaissance sensible, l'instinct, si l'on préfère, était seul en jeu.

Il est vrai que ces perceptions sensibles ou, d'une manière plus générale, les opérations sensitives, sont la base et la *condition préalable* et indispensable des opérations intellectuelles. Il n'est pas vrai que ces opérations se confondent. L'erreur de la soi-disant philosophie matérialiste est de conclure de la *dépendance* des fonctions à leur *identité*. Si les opérations intellectuelles ont besoin de s'appuyer sur les sensitives, celles-ci peuvent s'accomplir intégralement sans le plus petit rudiment de celles-là.

Une fois en possession des matériaux que lui fournissent la perception extérieure, la sensation, l'imagination et la mémoire, l'intelligence s'élève au-dessus d'eux et les dépasse. On pense alors sans organes et sans images ; et les opérations intellectuelles ont seules une raison connue, « cette raison de la liaison des perceptions que les sensations ne sauraient donner, » comme dit Leibnitz (1). Percevoir, associer, c'est éprouver, subir ; c'est, dit M. Élie Rabier (2), l'inintelligence absolue. Au contraire, quand on

(1) *Nouveaux essais sur l'entendement humain*, liv. II, ch. xi.
(2) *Leçons de philosophie*, t. I, *Psychologie*, 1884. Paris, Hachette. — Cette vérité philosophique peut être démontrée même *physiologiquement.* « L'intelligence n'a pas d'organes „ dit le Dr Surbled. Il fait voir que les fonctions du cerveau, mieux étudiées et mieux connues aujourd'hui que naguère, n'ont aucun rapport *immédiat* avec les facultés intellectuelles. On plaçait autrefois toute la vie motrice et sensitive dans les profondeurs de l'encéphale, et l'on admettait que la matière corticale du cerveau avec ses cellules pyramidales « présidait aux facultés supérieures. „ Aujourd'hui cette hypothèse n'est plus admissible ; il est reconnu que le cerveau tout entier est un organe de sensibilité et de mouvement. « Toutes les parties de l'encéphale ont été explorées et sont aujourd'hui connues : *aucune place n'y est laissée à l'intelligence.* Celle-ci. n'ayant pas d'organe, *n'est pas une fonction,* quelque élevée qu'on la suppose ; c'est une faculté supérieure, *spirituelle.* Elle trouve *dans le cerveau non pas sa cause,* mais sa condition nécessaire ; elle puise, dans l'organe sensible, les éléments de son exercice. „
Cf. Science catholique de février 1891, article intitulé : *La Pensée,* pp. 228 et 229, *in fine.*
« Comment soutenir de bonne foi. dit d'autre part le savant naturaliste M. Proost, que l'intelligence est fonction du cerveau, quand on voit des animaux inférieurs (insectes), *qui n'ont pas de cerveau,* exécuter des travaux

juge, on sait pourquoi on juge. Quand on juge que deux lignes sont égales ou que deux figures sont semblables, on sait pourquoi on les juge ainsi : c'est que, par la perception sensible, on les *voit* égales ou semblables. La perception est un fait matériel ; le jugement, qui attribue l'égalité aux deux lignes ou la similitude aux deux figures, est un fait intellectuel. En effet, l'idée d'égalité ou de ressemblance n'a pas de représentation sensible : on se représente bien, par l'imagination, deux lignes égales, deux figures semblables ou différentes, mais non pas l'idée abstraite d'égalité, de similitude ou de différence. On peut donc dire que l'on pense sans images ; et cela est vrai en tant qu'on abstrait les attributs des choses pour établir des jugements, bien que, à un autre point de vue plus restreint, il ne soit pas interdit de dire que l'on ne pense pas sans images, en cet autre sens que les images sont comme la matière indispensable de la pensée : mais la pensée ne s'épuise pas en elles, et ne se réalise pas uniquement par elles ; l'image n'est donc pas la pensée. (Autant on en peut dire des organes qui fournissent les images nécessaires à la pensée.) (1)

Voilà ce que ne veulent pas comprendre les partisans de l'intelligence proprement dite chez la bête. Ils ne distinguent pas, de l'intelligence considérée en elle-même,

admirables, impliquant des combinaisons et des calculs innombrables, et des prévisions qui dépassent la portée de l'intelligence et de la science humaines ? » (Rev. des quest. scient., juillet 1890, p. 121, article intitulé : *Les Visiteurs d'un saule marceau*, et signé : Agricola). Il est bien évident, d'après ce qui a été dit plus haut, que ces combinaisons et prévisions transcendantes, dépassant la portée de l'intelligence humaine elle-même, ne résident pas, en tant que telles, dans l'insecte. Elles résultent en lui d'une impulsion naturelle parfaitement inconsciente et qui est inhérente à cette force distincte des forces physiques et chimiques, non matérielle, par conséquent, qui vivifie et informe l'organisme de l'insecte, de l'*âme* animale, selon l'expression des scolastiques.

(1) C'est ce qu'exprime Bossuet prononçant cette grande parole : « Lorsqu'Aristote a dit : c'est sans organe qu'on pense, il a parlé divinement ». — « S'il a été prouvé, dit M. Ravaisson, que tout ce qu'on peut appeler les antécédents et les conditions de la pensée, sensations, images, etc., ne peut

les conditions matérielles de son entrée en acte. Et parce que ces conditions, exclusivement issues des sens, peuvent fonctionner isolément en un jeu complet et harmonieux, ils se persuadent qu'elles constituent elles-mêmes l'intelligence. Or ces conditions, ces facultés, dont l'ensemble s'appelle la *sensibilité*, existent dans les animaux à un degré souvent supérieur à celui auquel elles existent chez l'homme. Il n'est pas étonnant, dès lors, que, prises par des naturalistes étrangers à la psychologie pour les facultés intellectuelles elles-mêmes dont elles ne sont que la condition, ceux-ci n'hésitent pas à accorder l'intelligence aux purs animaux, *brutis animalibus*. De là ensuite à considérer l'homme comme un animal, sans doute plus perfectionné que les autres, mais enfin comme un pur animal, il n'y a qu'un pas ; et nous avons vu que la plupart le franchissent, en quoi d'ailleurs ils sont logiques. Ceux qui rentrent dans les trop rares exceptions n'échappent à une telle conclusion que par une honorable et heureuse inconséquence.

Au résumé, l'âme animale possède, par l'organe des sens, toutes les facultés sensitives que possède l'âme humaine elle-même. Ces facultés, s'ajoutant aux instincts soit innés, soit contractés par habitudes ou transmis par hérédité, et servies, dans chaque type ou espèce, par une conformation spéciale des organes, — suffisent, par la connaissance qu'elles impliquent des objets concrets et des faits individuels ainsi que par l'association et la consécution des images, à expliquer tous les faits de la psychologie animale.

A ces facultés sensitives, à cette connaissance concrète

être sans le cerveau, il ne l'a pas été que la pensée elle-même, dans son action centrale nécessairement simple, en dépende en aucune façon. En ce for intérieur, plus rien de la matière, du corps, de l'organisme, plus rien de ce qui est étendue et multitude. " C'est sans organe qu'on pense, a dit Aristote ; cette haute proposition est demeurée inébranlable, et vraisemblablement, pour qui saura l'entendre, ne sera jamais ébranlée „ (RAVAISSON, *La philosophie au dix-neuvième siècle*).

et purement sensible, l'âme humaine ajoute la connaissance intellectuelle qu'elle sait dégager des premières par les facultés de réflexion, d'abstraction, de jugement, de généralisation, qui lui permettent de saisir l'immatériel et tout ce qui s'y rattache. De là ont surgi : *a)* le langage conventionnel sous toutes ses formes et avec tous ses développements ; *b)* la perfectibilité qui réalise, avec le concours du groupement des hommes en sociétés, des progrès incessamment croissants ou renouvelés ; *c)* la notion du bien et du mal moral avec la liberté de choisir entre l'un et l'autre par une volonté réfléchie, consciente et responsable ; *d)* l'idée, tout au moins confuse, de la Divinité et de la survivance, après la mort physique, de ce *moi* qui, assurément, sent, jouit et souffre, mais aussi qui pense, qui connaît *en sachant qu'il connaît*, et qui se connaît lui-même, qui veut et se détermine librement. On a raison de dire, avec le regretté Père Carbonnelle (1), que l'homme se distingue essentiellement de la bête par ces quatre ordres de phénomènes ; mais comme ceux-ci résultent de la connaissance intellectuelle éclairée et dirigée par la raison et mue par la volonté libre, on peut dire avec non moins de justesse que l'homme, — animal par l'organisme, les sens, la perception extérieure et la connaissance sensitive, — s'élève d'une hauteur infranchissable au-dessus de la bête par la volonté libre et la raison. Ces vérités sont élémentaires, et il ne devrait pas être permis de les ignorer.

Quant aux naturalistes de l'école matérialiste ou — ce qui est tout un aujourd'hui — de l'évolutionnisme sans restriction, qui les repoussent systématiquement, ils font simplement preuve par là d'une bien faible préparation intellectuelle antérieure ; ils en sont encore, suivant la piquante remarque de feu le R. P. de Bonniot, « aux

---

(1) *Les Confins de la science et de la philosophie,* t. II, chap. VII, ou bien *La Différence essentielle entre l'homme et les animaux,* REV. DES QUEST. SCIENT., t. VII, janvier 1880.

principes des vieilles filles, qui, pour s'expliquer leurs chiens et leurs chats, s'identifient avec eux et leur prêtent, dans une mesure plus ou moins complète, leurs propres pensées et leurs sentiments ; » et la doctrine matérialiste condamne ces naturalistes et les soi-disant philosophes dont ils s'inspirent à n'en avoir pas d'autres (1).

(1) Cf. *La Bête comparée à l'homme*, par le R. P. de Bonniot. *Avertissement* de la deuxième édition.

www.ingramcontent.com/pod-product-compliance
Lightning Source LLC
Chambersburg PA
CBHW060843180626
46818CB00004B/1566